Das Buch vom
hellen Juni

DAS BUCH VOM HELLEN Juni

Mit einer Geschichte von
Bernd Schroeder

Herausgegeben von
Liane Dirks

sanssouci

Unser gesamtes lieferbares Programm und
viele andere Informationen finden Sie unter
www.sanssouci-verlag.de

2 3 4 5 11 10 09 08 07

ISBN 978-3-8363-0003-2

Einbandgestaltung: Harald Hohberger, München
Satz und Layout: Harald Hohberger, München
Druck und Bindung: Ebner & Spiegel, Ulm
Printed in Germany

»Mit dem Juni war für uns der Sommer wirklich da. Wir hüteten die Kühe des Dorfes, fingen im Bach Forellen mit der Hand und schauten in der Scheune nach, was bei den Mädchen anders war als bei uns. Es war schön, im Juni Geburtstag zu haben. Es gab Erdbeertorte, man konnte mit den Verwandten aus der Stadt draußen sitzen, was das Einzige war, was sie an unserem Leben beneideten. Dass im Juni der Holunder blühte und wunderbar roch und dass die Bauerngärten begannen, ihre vollste Staudenpracht zu entfalten, das wurde mir erst bewusst, als ich nicht mehr auf dem Dorf lebte.«

Bernd Schroeder

INHALT

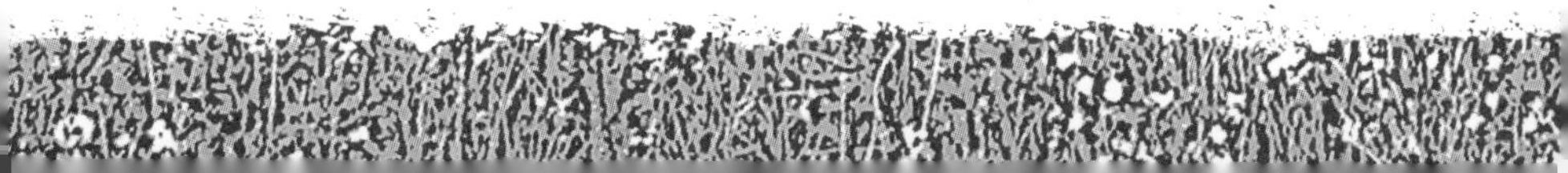

ZUR EINSTIMMUNG

»Nichts Schöneres unter der Sonne, als unter der Sonne zu sein.« Welch ein Ausruf von Lebensfreude! Die Schriftstellerin Ingeborg Bachmann schrieb diese Zeile in ihrem Gedicht »An die Sonne«. Eine Art bedingungsloses Glück ist es, das die Autorin hier formuliert, und dabei war sie selbst oft zutiefst traurig, wie wir aus ihren Büchern wissen. Für die Juni-Geborene war es kein Widerspruch, Glück und Schmerz gleichermaßen zu empfinden. Wer eine tiefe Verbindung mit dem Leben hat, der weiß, dass alles zusammengehört, Liebe und Leid, Trauer und Fröhlichkeit.

Aber erst durch die Sonne wird alles zum Leuchten gebracht, selbst der Schatten wird durch ihre Kraft ausdrucksstark und schön. Doch die Sonne macht noch mehr: Sie schenkt uns auch diese Unbeschwertheit, dieses einzigartige Sommergefühl, mit dem alles so viel leichter geht, ganz von selbst, ohne unser Zutun. Wir wachen eines Morgens auf und haben das Gefühl, die ganze Welt umarmen zu können. Woher das kommt? Wir wissen es nicht, es gibt keine rationalen Erklärungen dafür, es ist einfach da: eine grenzenlose Freude. Wir essen ein Stück Erdbeertorte, wir ziehen die Schuhe aus und laufen barfuß, ein warmer Wind streicht uns über das Gesicht und verfängt sich einen Augenblick lang in unserem Haar. Wir setzen uns in ein

Straßencafé, ziehen die Sonnenbrille auf, schauen uns die Welt an, und dann geschieht es: Wir sind glücklich! Es ist die Eigenart des Glücks, dass es überraschend kommt, und am tiefsten empfinden wir es, wenn wir gar nicht damit rechnen.

Genau das sind die Momente, die unser Leben kostbar machen. Und diese Momente schenkt uns die Natur.

In einer Welt, in der unser Lebensgefühl darin besteht, uns stets selbst hinterherzueilen, ist es wichtig innezuhalten. Und es ist genau dieser Monat, der Juni, der uns das Innehalten auf schönste Art und Weise lehrt. Jetzt, da sich das Sonnenjahr bereits seinem Höhepunkt nähert, dem längsten Tag, entsteht der Eindruck, dass die Sonne selbst für ein paar Tage stillsteht auf ihrer Bahn. Die Nächte um die Sonnenwende sind deshalb nicht nur hell, sie sind magisch. Weil die Welt jetzt mit offenen Augen träumt. Und dabei gibt es viel zu sehen.

Dieses Buch will Sie einladen, den Juni zu entdecken, mit all dem, was er uns zu bieten hat. Ganz sicher erfahren Sie dabei auch so manches über Ihr eigenes Leben. Und dann wird vielleicht die Freude darüber, »unter der Sonne zu sein«, so groß, dass Sie Ihre eigene Ode an die Sonne schreiben. Also, Augen auf, Herz auf und eintauchen …

DER JUNI – WAS FÜR EIN MONAT!

Ist es nicht herrlich? Es wird Sommer. Und wie schnell das plötzlich ging! Haben wir nicht eben noch gefroren und das Gefühl gehabt, dass sogar der Frühling noch auf sich warten lässt? Trugen wir nicht bis gestern noch dicke Pullover und wussten nicht, wohin mit dem nassen Regenschirm?
Aber was sollen diese Fragen, ist das nicht völlig egal? Jetzt ist es warm, und das ist gut so. Wir halten eine Eistüte in der Hand und haben am Körper nur noch luftige Kleidungsstücke. Wenn wir müde sind, dann hocken wir uns auf ein Mäuerchen, die Steine hat die Sonne aufgeheizt, sie fühlen sich weich an wie ein Polster. Oder wir legen uns mitten auf eine Wiese. Eine Decke? Brauchen wir nicht. Viel zu umständlich. Das dicke, buschige Gras lädt uns ja geradezu ein, wir können und wir dürfen uns einfach niederlassen. Ist das nicht wunderbar? Und es ist zugleich das Selbstverständlichste auf der Welt. Eine Art Menschenrecht, sich einfach auf die Erde setzen, und sie wärmt uns sogar. Die Luft ist mild, der Himmel ist blau, von irgendwoher tönt ein Kinderlachen, eine Amsel singt oder sind es zwei? Und plötzlich stellen wir fest: So leicht ist das. Mehr braucht man nicht, um glücklich zu sein. Ein warmer, lichter Junitag, das ist alles.
Der Sommer ist die Jahreszeit, die uns den Augenblick

genießen lehrt. Ist der Frühling von Sehnsucht bestimmt, der Herbst von Nachdenklichkeit, so führt uns der Sommer in die Unbedingtheit des Jetzt. Und am leichtesten gelingt das dem Juni. Denn er steht am Anfang, er ist noch frisch und unverbraucht.

Der Mai, König der Sehnsucht, er kann uns viel versprechen. Weil wir Versprechen lieben, folgen wir ihm. Aber dann kommt der Juni und löst sie ein. Er nimmt uns die Last von den Schultern, das macht diesen schönen geraden Sommergang. Wie die Rosen sich dem Licht entgegenstrecken, so richten sich jetzt auch die Menschen auf. Stolz? Ja, durchaus, allerdings wird er lässig getragen, nicht preußisch streng, ein kleiner Hüftschwung ist schon dabei, wenn die Kleider wieder etwas verwegener im Wind um die nackten Beine flattern, und selbst wichtige Herren in grauen Anzügen wirken nicht ganz so zugeknöpft, wenn sie durch laue Sommerabende eilen.

Der Juni ist gelassen wie ein reicher Bauer, der sein Land herzeigt. Er weiß, was er hat, da muss er keine großen Reden halten. Im Juni grünt, blüht, wächst und gedeiht es. Mögen auch Gewitter und Hagelschauer kommen, am Fortgang in der Natur ändern sie nichts. Trockenheit oder lange Regenperioden wirken sich erst später im Sommer aus. Jetzt, im Juni, ist alles, wie es sein muss, am rechten Fleck.

Der Juni ist ein Monat von hoher, ruhig fließender Energie.

Einer Kraft, die alles durchdringt, sanft und strömend. Es ist die selbstverständliche Leichtigkeit des Sommers, die er uns schenkt. Ein großes Geschenk in einer Welt, in der man meint, sich alles erst verdienen zu müssen. Hier kommt es gratis. Doch nicht nur das, obendrein beschert uns der Juni auch noch einen echten Höhepunkt, denn dies ist der Monat mit dem meisten Licht. Ein halbes Jahr ist zur Mittsommernacht bereits vergangen, aber der Juni lässt uns das vergessen, denn der Sommer, er fängt ja erst an! Wie das erste Bad im Meer ist dieser Monat voll belebender, lustvoller Augenblicke. Eine Kombination aus Wachheit, Klarheit und Zuversicht, die der Juni uns da unterjubelt, egal, wie alt wir sind, der Juni macht uns jung.

WIE DER JUNI ZU SEINEM NAMEN KAM

Im alten römischen Kalender war *iunius* der vierte Monat im Jahr und hatte neunundzwanzig Tage. Erst als Gaius Julius Caesar eine grundlegende Kalenderreform durchführte, die den römischen Mond- mit dem ägyptischen Sonnenkalender in Übereinstimmung brachte, rückte der Juni auf Platz sechs in der Monatsabfolge. Nicht nur dass Caesar den Monaten die noch heute üblichen dreißig beziehungsweise einunddreißig Tage zugeteilt hatte, er hatte auch den Jahresbeginn von März auf Januar verlegt. Damit dies alles für die Römer nicht zu verwirrend wurde, wurden wenigstens die alten Monatsnamen weiterverwendet.

Patin für den Juni war Göttermutter Juno höchstpersönlich. Mit Jupiter und Minerva stand sie als Kapitolinische Dreiheit dem römischen Götterhimmel vor, sie war nicht nur die Gemahlin Jupiters, sondern zugleich auch seine Schwester. Eine omnipotente Frau gewissermaßen, stets als üppige, große Erscheinung dargestellt, verkörperte sie in der Antike das Idealbild erhabener Weiblichkeit. Juno war die Schutzgöttin der Frauen, der Ehe und der Geburt. *Juno Lucina* wurde sie auch genannt: die die Kinder ans Licht der Welt bringt. Auf einigen Abbildungen hält sie deshalb eine Schere in der Hand zum Durchtrennen der Nabelschnur.

Wenn Juno auch zu herrschen wusste, und als Frau des Göttervaters befehligte sie sogar die Gestirne, ihren Gatten beherrschte sie nicht. Die vielen Liebschaften, die er hatte, verfolgte die Göttermutter eifersüchtig, wobei ihr Zorn immer nur die anderen Frauen traf, niemals ihren Mann. War sie deshalb auch so hellhörig, weil Jupiter immerzu fremdging? Denn als Warnende, *Juno Moneta*, wurde sie ebenfalls verehrt. Da neben Junos eigenem Tempel die staatliche Münzprägestätte der Römer stand, ging der Begriff *Moneta* zunächst auf den Ort, später auch auf die einzelne Münze über. Wir haben Juno also nicht nur unseren Monatsnamen »Juni« zu verdanken, sondern auch den Begriff »Moneten«.

Gehütet wurden der Staatsschatz und auch der Tempel Junos von Gänsen, die man damals den Hunden ähnlich als Haustiere hielt. Als 387 v. Chr. der Gallier Brennus mit seiner Heerschar zum nächtlichen Überfall auf die Tempelanlagen Roms ansetzte, mussten die Gänse das Nahen der Fremden gespürt haben. Mit ihrem ängstlichen Geschnatter warnten sie die Wachen, und während ganz Rom von den Galliern erobert wurde, hielt das Kapitol stand. Natürlich galten die Tiere nach diesem Ereignis als heilig. Beim Anblick einer Gänsemutter, die im Juni ihre Jungen stolz spazieren führt, kann man den Eindruck bekommen, dass zumindest die Gänse dies noch immer wissen. Doch nicht nur die

Gans, auch der Pfau ist Wappentier der Juno. Wie in einer klaren Juninacht spiegelt sich die Pracht der Sterne in seinem Federkleid, genau das richtige Accessoire für eine Himmelsherrscherin.

Im deutschen Sprachraum ging es mit der Begriffsbildung sehr viel bodenständiger zu. Der Ausdruck »Brachmonat« oder »Brachet« war hier lange Zeit für den Juni üblich. Er rührt von der Dreifelderwirtschaft her, in der man ein Drittel der Äcker unbewirtschaftet ließ und erst im Juni mit der Bearbeitung des Brachfeldes begann. Gebräuchlich war aber auch »Johannismonat«, da im Juni der Geburtstag Johannis des Täufers gefeiert wird, und ebenso die Bezeichnung »Gras- oder Heumonat«, denn nun konnte gemäht werden. Mancherorts nannte man den Juni einfach nur »Sommermonat«. »Pferdemond« wurde er genannt, da die Fohlen jetzt das Licht der Welt erblicken. Unter Gärtnern ist der Juni noch heute der »Rosenmonat«, es ist die Hauptblütezeit der Königin der Blumen.

ALLE WETTER!

Ach, wenn doch nur jeden Tag Sommer wäre! Aber das Wetter im Juni ist durch zwei unversöhnliche Gegensätze bestimmt: Aus dem Süden fließt tropische Warmluft ein, aus dem Norden kommend hält polare Kaltluft dagegen. Entscheidend für uns ist, wo die Trennlinie verläuft. Ist sie weit oben im Norden, wird es bei uns lang anhaltend warm, je weiter südlich die beiden Kontrahenten aufeinanderprallen, umso schlechter wird es für unser Wetter. Und das, obwohl eine Bauernweisheit besagt: »Soll gedeihen Korn und Wein, muss im Juni Wärme sein.«

Außerdem wird das Wetter im Juni von drei markanten Ereignissen geprägt: der Schafskälte, der Johannisflut und dem Wetter am Siebenschläfertag. Die Schafskälte setzt zwischen dem 10. und 14. Juni ein und gehört zu den sogenannten Singularitäten. Dabei handelt es sich um Wetterphänomene, die zu bestimmten Zeiten des Jahres mit überdurchschnittlicher Häufigkeit auftreten, wie die Eisheiligen im Mai oder der Altweibersommer Ende September. Nach Angaben von Meteorologen liegt die Trefferquote für das Eintreffen der Schafskälte bei circa siebzig bis achtzig Prozent. Polare Meeresluft lässt die Temperaturen zuweilen nachts bis auf null Grad heruntergehen, in den Gipfellagen der Mittelgebirge kann sogar noch einmal

Schnee fallen. Da Anfang Juni Schafschur ist, konnte die hereinbrechende Kälte den Tieren gefährlich werden: Ohne ihr dichtes Fell erfroren die Schafe, wenn sie nicht rechtzeitig von den Almen zurückgeholt werden konnten.

Die Kälte bringt zunächst sehr oft Trockenheit mit sich. Als Johannisflut bezeichnet man die um den 24. Juni herum einsetzenden wolkenbruchartigen Regenfälle. Immer öfter werden sie auch »europäischer Monsun« genannt. Kleine, vor sich hin plätschernde Bäche können sich in kürzester Zeit in wahre Sturzfluten verwandeln, was besonders in engen Gebirgstälern eine große Gefahr bedeutet.

In der Landwirtschaft werden die kurzen, aber heftigen Hagelschauer, die diese Wetterlage mit sich bringen kann, gefürchtet, bedrohen sie doch die Ernte. Und auch die Städter trifft es bisweilen – zahlt die Autoversicherung nun die Ausbesserung der Beulen im Blech, oder zahlt sie sie nicht?

Richtig spannend wird es an Siebenschläfer, dem 27. Juni. Es ist der Tag, der angeblich über das Sommerwetter entscheidet. Regnet es an Siebenschläfer, dann soll es in den nächsten sieben Wochen so weitergehen.

»Ist der Siebenschläfer nass, dann regnet's ohne Unterlass.«
Doch stimmt das wirklich?

Wetterstatistiken belegen nur, dass sich Ende Juni zumeist eine stabile Wetterlage einstellt. Dass die meisten Menschen in unseren Regionen hoffen, dass diese warm ist, dafür braucht es keine Statistik.

Übrigens ist der Siebenschläfertag nicht nach dem Nagetier benannt. Er geht vielmehr auf eine Heiligenlegende zurück, nach der sich im Jahre 251 sieben junge Christen bei der Verfolgung durch den römischen Kaiser Decius in eine Berghöhle gerettet hatten. Dort wurden sie von ihren Verfolgern aufgespürt und eingemauert. Doch war das nicht ihr Ende, die sieben jungen Männer starben nicht, sie fielen lediglich in einen tiefen Schlaf. Als man sie endlich, 195 Jahre später, am 27. Juni 446 entdeckte, wachten sie auf und taten ihren Glauben kund. Jetzt erst konnten sie friedlich für immer einschlafen. In der Folge hat man sie als Schutzpatrone bei Schlaflosigkeit und Fieber um Beistand gebeten. Erst später bürdete man ihnen die Last auf, über Wohl und Wehe des Sommerwetters zu entscheiden.

DIE NATUR IM JUNI

Vielfalt ist das Zauberwort der Natur im Juni, und am schönsten zeigt sie sich auf der Sommerwiese. Am Morgen noch kühl und frisch von Tau getränkt, streckt sich alles, was lebendig ist, im Tagesverlauf dem Licht entgegen, ob das bescheidene Gänseblümchen, der selbstbewusste, fette Löwenzahn, die stolze Margerite oder der flatterhafte rote Klatschmohn, der sich kaum, dass man sein Kleid berührt, sofort entblättert. Sie wollen alle in die Sonne. Und das hat seinen Grund, denn noch wärmt die Sonne und verbrennt nicht, wie es später im Hochsommer der Fall ist, wenn man sich vor ihr eher verstecken muss. Darum gibt es jetzt viel zu sehen, es krabbelt, kriecht, flirrt und schwirrt in den Wiesen. Bienen und Hummeln taumeln wie betrunken über die vielen dicken Kleeblüten hinweg. Haben Sie sich diese Mitarbeiter des besten Nektartransportdienstes einmal richtig angesehen? Sie wirken doch immer viel zu dick angezogen in ihren gelben Pullovern und den dicken Pollenstulpen an den dünnen Beinchen, kein Wunder, dass die eine oder andere sich mal erschöpft irgendwo auf einem Tassenrand oder einer Tischdecke niederlässt.

Jede Menge Kräuter wachsen jetzt, und viele können auch schon geerntet werden: die römische Kamille, das Johanniskraut, Eisenkraut, Schafgarbe, Rosmarin, Schnittlauch,

Petersilie, die ganze grüne Apotheke ist da. Kräuter soll man an sonnigen Tagen ernten, wenn der Tau abgetrocknet ist. Die Kamille kann man ganz einfach bündeln und an einem trockenen, luftigen Platz aufhängen. An einem nasskalten Novembertag verströmt ein Teeaufguss aus selbst gepflückter Kamille die Heilkraft des Sommers, da macht sich jede drohende Erkältung auf und davon. Stichtag für die Ernte ist Johannistag, der 24. Juni, danach verringern sich die Wirkkräfte, die Pflanze zieht die Energie zurück in die Wurzeln. An diesem Tag wird auch der letzte Spargel gestochen, doch bei ihm ist es gerade umgekehrt, er will ins Kraut schießen, die Wurzeln werden holzig. Ein Jammer, dass es mit diesem herrlichen Gemüse nun schon vorbei ist, aber dafür gibt es ja nun die ersten Frühkartoffeln, junge Möhren, Radieschen, Zuckererbsen und natürlich das erste Obst. Die Erdbeeren sind reif. Gegen Ende des Monats kommen die ersten Himbeeren hinzu, Kirschen und natürlich die Johannisbeeren, die ihren Namen dem Schutzheiligen des Monats verdanken, der sie gesegnet haben soll.

In den Gärten duftet der Jasmin, noch immer blüht der Flieder, und der Holunder lässt seine Blüten wie Duschköpfe von den Zweigen hängen. Im Ziergarten hat jetzt die Staudenblüte Hochsaison. Clematis erklimmen Baumstämme und Hauswände, allen voran die rosa blühende Waldrebe. Und in der Mitte all der Pracht steht sie, die Königin der Blumen: die Rose!

BLUME DES MONATS: DIE ROSE

Es gibt sie in allen Farben, in allen Größen, mit und ohne Duft, gefüllt und ungefüllt, mit und ohne Stacheln, mit dunklem glattem Laub, mit hellem mattem Laub, mit kleinen Früchten oder mit großen dicken Hagebutten. Es gibt sie als hohen Busch, als kleinen Strauch, es gibt sie kerzengerade einzeln stehend, als kletternde Girlande und als Zwerg. Tausend Variationen einer Blume, und doch ist jede einzigartig. Nicht zuletzt hat uns das Antoine de Saint-Exupérys kleiner Prinz gelehrt, denn auch wenn es fünftausend gleiche Rosen gibt, die eine, um die es geht, erkennt man mit dem Herzen.

Mensch und Rose verbindet seit tausenden von Jahren eine Liebesgeschichte. In Ägypten fand man auf einer Scherbe ein eingraviertes Gedicht, das der Dichterin Sappho – sie lebte im 6. Jahrhundert v. Chr. – zugeordnet wird: »Rosen beschatten die Hänge, traumlos rieselt der Schlaf von ihren bebenden Blättern ...«, heißt es da, doch Rosenblätter geleiten nicht nur in den Schlaf, sondern auch in das Reich der Sinne. Die Rose symbolisiert nicht nur Liebe, sondern auch Erotik, als »sexy« wird die langstielige »Black Baccara« in den Katalogen der Züchter beschrieben. Die tiefrote Rose mit ihrem fast schwarzen Grund und den sich samten wölbenden Blütenblättern wurde schon millionenfach verschenkt, und

wer sie schenkt, der weiß um ihre Symbolkraft. Diese wurde auch bei den Römern schon eingesetzt: Kaiser Nero ließ bei seinen Orgien Unmengen von Rosenblättern von der Decke herabregnen. Das war allerdings noch nichts gegen Kleopatra: Als sie Marc Antonius empfing, hatte sie ihr Schlafzimmer knietief mit Rosenblüten angefüllt, da gab es nur noch eins, was schöner war, und das war sie.

Doch die Geschichte der Rose reicht noch viel weiter zurück. Abdrücke der fünfblättrigen Urform lassen sich bereits im Gestein des Tertiär finden. Als Kulturpflanze kam sie aus dem vorderen Orient zu uns. Und was das Wort »Rose« angeht, so vermutet man, dass es sich vom indogermanischen *vrod* oder *vrad* ableitet, das im Sanskrit erhalten ist und »zart« bedeutet. Einen Begriff für die Rose gibt es übrigens in allen Sprachen, nur bei den Eskimos nicht.

Die Vielfalt der heutigen Rosensorten hat sich jedoch erst in den letzten zwei- bis dreihundert Jahren ausgeprägt, dabei war die Rosenzucht ein Privileg der Herrschenden. Kaiserin Joséphine, Gemahlin Napoleons, sorgte in Frankreich für einen ersten Boom in der Rosenzüchtung. Ihre zartrosa, reich gefüllte »Souvenir de la Malmaison« erfreut sich heute wieder großer Beliebtheit.

Die Rosenzucht unterlag stark wechselnden Moden. Mittlerweile soll es weltweit über dreißigtausend Rosensorten geben. In den letzten Jahren werden besonders die alten, englischen Duftrosen wieder gern gepflanzt. Es ist ja nicht nur ihr Aussehen, sondern eben auch jener einzigartige Duft, mit dem die Rose uns betört.

Weitreichende Bedeutung kam der Rose in der Alchemie zu, hier galt sie als Symbol des Geistes und der Weisheit, einer geheimnisvollen Weisheit, die sich nicht preisgibt. *Sub rosa dictum* war nicht nur bei Geheimbünden und Freimaurern ein stehender Begriff. Das unter der Rose Gesagte galt als absolut vertraulich. Umberto Ecos weltberühmter Roman »Der Name der Rose« spielt auf eben diese Bedeutung an.

Die Rose vereint alle nur denkbaren Gegensätze in sich: die Härte des Holzes und die Zartheit ihrer Blütenblätter, die gefährlichen Stacheln und den süßen, lockenden Duft, die Wehrhaftigkeit als Hecke und die Empfindsamkeit der einzeln stehenden Schönheit. Dem Dichter Rainer Maria Rilke blieb sie, nicht nur Schönheit verkörpernd, sondern auch Vergänglichkeit, ein lebenslanges Rätsel, weshalb er sie auf seinem Grabstein verewigt sehen wollte:

»Rose, oh reiner Widerspruch, Lust,
Niemandes Schlaf zu sein unter so viel
Lidern.«

Im Juni kann man den Zauber dieser Blume am besten erleben, jetzt ist Hauptblütezeit, rosige Aussichten also, auch für uns.

HEILPFLANZE DES MONATS: DAS JOHANNISKRAUT

Es wird auch Blutkraut, Herrgottsblut, Hartheu, Jesuswundenkraut, Hexenkraut und Jageteufel genannt, und der Juni ist sein Monat, denn dieses Kraut liebt die Sonne! Und es braucht sie auch. Leuchtend gelb streckt es seine fünfstrahligen Blütenstände dem Licht entgegen, ob an Wegrändern, auf Dämmen, Lichtungen oder Wiesen. Was die Bodenbeschaffenheit angeht, so ist Johanniskraut anspruchslos. Aber das Licht! Beim Betrachten der Blüten scheint es fast, als hätte die Pflanze vom vielen Sonnenbaden Sonnenbrand gekriegt. Wie Verbrennungen oder kleine Löcher sehen die schwarzen Punkte auf den Blütenblättern aus. Reibt man daran, geschieht ein Wunder: Alles wird rot, wie Blut. Es sind die Öldrüsen in den Blättern, die solch eine Wirkung hervorrufen, und diese ist selbstverständlich mythen- und legendenbildend. Es heißt, dass die bis zu neunzig Zentimeter hohe Staude aus dem Blut Johannis des Täufers hervorgegangen sei, der auf Salomes Wunsch geköpft wurde.

Im Mittelalter brachte man den Teufel ins Spiel: Aus Wut über die Heilkraft der Pflanze soll er mit einer Nadel über das Kraut hergefallen sein und es tausendmal durchlöchert haben.

Fest steht, dass dem Johanniskraut seit alters her viele gute Eigenschaften zugesprochen werden. Das aus ihm gewonnene Öl wirkt schmerzlindernd, es hilft bei Wundreizungen, Verbrennungen, Rheuma, Hexenschuss, Verstauchungen, vor allem aber wirkt es besänftigend. Schon Paracelsus hat das Johanniskraut als »Arnika der Nerven« bezeichnet: Wer so viel Sonne einfängt, der gibt sie auch wieder ab.
Bereits im Mittelalter hat man versucht, psychisch Kranke mit Extrakten aus Johanniskraut zu heilen, zumindest zu beruhigen. Allerdings benutzte man es auch als Geständnistrunk für Gefolterte: Mittels des Krauts sollte der Teufel endgültig entweichen.
Die antidepressive Wirkung von Johanniskraut ist inzwischen wissenschaftlich nachgewiesen. Die Pflanze zählt zu den am besten untersuchten sogenannten Phytopharmaka. In über achtzig Präparaten wird sie eingesetzt, zur Zeit erforscht man ihre Wirkung auf das Immunsystem. Geerntet wird am Johannistag, dem 24. Juni, drei Tage nach der Sonnenwende also, jetzt steckt das meiste Licht in den Blüten.
Allen, die »Sonne im Bauch« brauchen, hilft das Johanniskraut als Ölauszug, Tee oder in Tablettenform. Und wer sein Gemüt einfach nur an seinem Anblick erfreuen möchte, der pflanzt sich das Zauberkraut in einen Topf und stellt es auf den Balkon. Das kleine Wunder der Blütenblätter überrascht immer wieder aufs Neue.

IM GARTEN UND AUF BALKONIEN

Pfingstrosen, Rittersporn, Türkenmohn, Glockenblumen, Iris, Lilien, Rosen, Junigärten sind eine wahre Pracht. Doch diese Pracht braucht Unterstützung. Ganz wichtig im Juni ist das Aufbinden der Stauden, denn oftmals ist die Blütenfülle um so viel mächtiger als der zarte Pflanzenstiel, so dass der herrliche Rittersporn zum Beispiel, kaum ist er aufgeblüht, auch schon umknickt. Gute Gärtner sorgen vor, heißt es in den Büchern, aber die Praxis lehrt, dass man die Schwachstellen erst entdeckt, wenn es so weit ist. Es gibt schöne schmiedeeiserne Zierstäbe für diesen Zweck, aber warum immer kaufen? Lackieren Sie ihre hölzernen Pflanzstäbe doch einfach selbst, und zwar in den Farben, mit denen Sie in ihrem Garten Akzente setzen wollen. Gärten sind wie Wohnungen: Räume, die man einrichtet. Und gerade im Juni, wenn alles blüht, lässt sich gut darüber nachdenken, ob einem der Garten, so wie er ist, auch wirklich gefällt. Wollten Sie nicht schon immer mal ein blaues oder weißes Beet anlegen? Solche Wünsche lassen sich jetzt gut verwirklichen, die blühenden Stauden werden einen Umzug verkraften, und Sie können sofort sehen, was die Umgestaltung bewirkt. In welcher Ecke Ihres Gartens sieht das Beet am schönsten aus? Wie fällt das Licht ein? Weiße Blumen im Abendlicht nehmen das Leuchten mit bis tief in die Nacht hinein.

Dasselbe gilt für Planungen rund um Terrasse und Balkon. Gefallen Ihnen Ihre Gartenmöbel noch, oder brauchen sie einen neuen Anstrich? Eine bunte Blumenkugel im Balkonkasten ist nicht nur eine Zierde, sie lenkt auch die Insekten von der Kaffeetafel ab. Mit schön lasierten Übertöpfen kann man jetzt Farbakzente setzen, die einen das ganze Jahr erfreuen. Ein schöner, alter Spiegel an die Hauswand gelehnt, verdoppelt Ihr grünes Zimmer und zaubert hübsche Lichteffekte. Was Sie jetzt gestalten, begleitet Sie den ganzen kommenden Sommer.

Bei all dem Nachdenken über Ihr persönliches Gartendesign dürfen Sie natürlich nicht das Naheliegende vergessen: Alles, was blüht, braucht regelmäßig Dünger. Die Erde muss gelockert werden. Zur Abwehrstärkung gegen Käfer- und Schneckenfraß empfiehlt es sich, mit Schachtelhalm- oder Brennnesselbrühe zu spritzen.

Im Gemüsegarten kann jetzt endlich auch geerntet werden. Spargel wird bis zum Ende des Monats gestochen, Erdbeeren werden reif, am besten auf einem Strohbett, so faulen sie nicht, falls es zu viel regnet.

DER BESONDERE TIPP

Richten Sie sich Ihren eigenen kleinen Obstgarten ein. Es gibt Erdbeersorten, die sich wunderbar für die Bepflanzung von Kübeln eignen. Sie blühen und reifen gleichzeitig. Die kleinen Früchte kann man bis in den November hinein noch ernten. Wichtig ist, dass Sie sie hochstellen, so kommen die herabhängenden Ranken zur Wirkung. Reife Erdbeeren treiben Ihnen den Duft des Sommers in die Nase. Auch Heidelbeeren kann man auf dem Balkon wachsen lassen, die tiefblauen Früchte neben den hellroten Erdbeeren sind ein echter Hingucker.

WAS VOM MONAT BLEIBT

»Für mich soll's rote Rosen regnen, mir sollten sämtliche Wunder begegnen«, heißt es in einem Lied von Hildegard Knef. Es müssen ja nicht gleich ganze Rosen sein, eine Schale voller Rosenblätter ist allerdings äußerst dekorativ. Und es ist so einfach. Noch eh die Rosen aus dem Blumenstrauß ganz verblüht sind, zupft man die Blütenblätter ab und lässt sie in der Sonne trocknen. Am besten geht das auf einem Tablett oder einem Backblech, aber auch im Ofen, allerdings nicht über fünfunddreißig Grad. Die Blätter müssen ganz trocken sein, bevor man die Farbe mittels Haarspray – ein Hauch genügt – fixieren kann.

Aber vielleicht möchten Sie ja lieber eine einzelne Blüte bewahren und zur Geltung bringen? Gelkerzen sind leicht selbst herzustellen: Geben Sie die Rosenblüte und ein Stück Fertigdocht in ein schlichtes Trinkglas und übergießen Sie beides vorsichtig mit dem flüssigen, klaren Wachs. So können Sie den Juni jederzeit zum Leuchten bringen.

DIE TIERWELT

Der kluge Fuchs, die wachsame Gans, das schnelle Pferd, alle drei sind Junitiere.

Es ist der Fuchs, der in Antoine de Saint-Exupérys Erzählung den kleinen Prinzen belehrt, was es heißt, eine Rose zu lieben. Liebt er seine Jungen, die jetzt auf erste gefährliche Ausflüge gehen, mit ebensolcher Hingabe? Die Füchsin, »Fähe« genannt, sieht jedenfalls vom Stress der Aufzucht im Juni ganz zerzaust aus, es ist anstrengend, die drei bis fünf Welpen großzuziehen, und es muss schnell gehen, im Winter müssen die Fuchsjungen bereits ihre eigenen Wege gehen. Seitdem die Gefahr der Tollwut eingeschränkt werden konnte, sieht man die Rotfüchse, lateinisch *Vulpes vulpes*, wieder öfter in Wiesen oder am Waldrand. Der Fuchs ist das Raubtier mit der größten Verbreitung auf der Erde, für das ökologische Gleichgewicht ist er äußerst wichtig. Füchse fressen Mäuse, Schnecken, Würmer, aber auch Aas. Sie fangen Hasen, und natürlich müssen sich auch die Gänse vor ihnen in Acht nehmen.

Die heiligen Tiere der Juno sind per se hoch aufmerksam, doch führen sie ihre jungen Küken aus, ist ihre Wachsamkeit noch gesteigert. »Gans« ist eine Sammelbezeichnung für große Entenvögel, zu ihrer Familie gehören auch die Schwäne, deren unattraktiver Nachwuchs den Stoff für eines der schönsten Märchen lieferte: Hans Christian Andersens »Märchen vom hässlichen Entlein«. Rührend unvollkommen sehen die grauen Jungtiere im Vergleich zu ihren majestätisch schönen Eltern aus. Schwäne bilden Lebensgemeinschaften und können bis zu fünfzig Jahre alt werden.

Im Juni ist ebenso die Zeit der Schmetterlinge. In der Morgen- oder Abenddämmerung lassen sich Bläulinge gut beobachten. Wenn ihre Flügel hochgestellt sind, erkennt man die Musterung darauf am besten. Niemals anfassen, dann können sie nicht mehr fliegen. Wussten Sie, dass es auch Wanderfalter gibt? Sie kommen jetzt erst aus ihren Quartieren im Süden zurück. Wenn man Glück hat, kann man ihnen dabei zusehen: Sie fliegen schnell und in großen Gruppen ein bis zwei Meter über dem Boden. Am leichtesten kann man den Baumweißling ausfindig machen, er hat große, weiße Flügel, die schwarz geädert sind. In manchen Jahren vermisst man ihn, in anderen gibt es ihn hunderttausendfach.

Die Nacht gehört den Glühwürmchen, die leider in unseren Regionen immer weniger werden. Sie heißen auch Johanniswürmchen oder Leuchtkäfer. Nur die Männchen können fliegen, und auch das nur, wenn es warm und gleichzeitig trocken ist. Wie kleine Miniatursterne locken sie uns in das tiefe Blau warmer Juninächte.

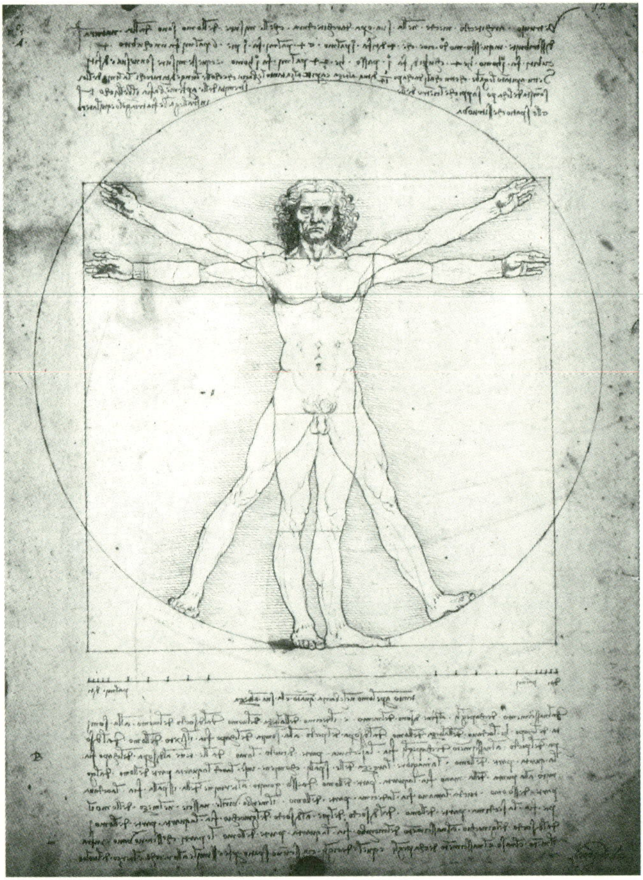

DER JUNI-MENSCH

Wie die Schmetterlinge schwirren die Juni-Geborenen durchs Leben, und wenn die Wiesen nur mager sind, dann träumen sie sich ganz einfach bunte. *Carpe diem*! heißt ihr Motto. Pflücke den Tag!

Und da Junitage nun mal viel zu bieten haben, zieht es sie raus in die Natur. Juni-Menschen sind offen, neugierig und großherzig. Sie wollen hier ein bisschen schauen und dort ein bisschen naschen. Hauptsache, sie verpassen nichts. Neuigkeiten sammeln sie wie Nektar, und sie verbreiten sie auch gerne.

Juni-Menschen sind kontaktfreudig, sie knüpfen ein Netz von Verbindungen, mit dem sie auch gern anderen helfen. Je mehr Freunde sie um sich haben, umso wohler fühlen sie sich. Hauptsache, es kommt keine Langeweile auf und niemand sperrt sie ein.

Der Juni-Mensch will frei sein, aber nicht allein. Ein schwer zu befriedigendes Bedürfnis, manchmal ist er ganz hin- und hergerissen. »Zwei Seelen wohnen – ach – in seiner Brust«, heißt es. Aber das ist untertrieben, es sind viel mehr, weshalb sich Juni-Geborene nicht so gerne festlegen. Ihre Meinungen können sie sprunghaft wechseln, als Verfechter von Überzeugungen und Theorien eignen sie sich nicht sonderlich.

Juni-Geborene sammeln lieber. Sie haben einen schnellen, beweglichen Verstand und wissen den Augenblick zu nutzen. Wenn sie sich Ziele setzen, erreichen sie sie oft auf kürzestem Weg. Allerdings setzen sie sich viele und manchmal auch ganz unterschiedliche. Da wissen die lieben Mitmenschen dann gar nicht, woran sie sind. Kein Grund, an ihnen zu zweifeln: Juni-Menschen sind ehrliche Gemüter. Sie verbergen nichts. Es ist eher so, dass man hinter dem Aktionismus, den sie an den Tag legen, nicht allzu viel vermuten darf, vor allem nichts Schlechtes. Der Juni-Mensch lebt und liebt die Gegenwart, da gibt es nicht viel zu ergründen. Wer will an einem herrlichen Sommertag daran denken, dass es im Februar noch kalt war?

Die Gunst der Stunde zu erkennen macht Juni-Geborene zu guten Geschäftsleuten. Oftmals sind sie wahre Verhandlungskünstler, sie lieben es zu taktieren und spielen gern.

Ihre stete Ruhelosigkeit kostet die Juni-Geborenen aber auch Kraft und Nerven. Und das Nervenkostüm ist eine ihrer Schwachstellen. Ihre Launen können so heftig wie Hagelschauer und so plötzlich wie die Schafskälte hereinbrechen. Auch lässt zu viel Stress ihre Leichtigkeit in Ruhelosigkeit umschlagen, das Spielerische wirkt dann eher zerstreut und oberflächlich. Da hilft nur eins: abwarten, bis die Sonne wieder scheint, und das geht im Juni ja schnell.

Später, nach der Sonnenwende geborenen Juni-Kindern

ergeht es da besser. Als habe sie die Sonne schon so gründlich durchgewärmt, verlassen sie sich eher auf das, was sie in sich haben, als auf das, was sie außen finden. Sie setzen eher auf Gefühl als auf Wahrnehmung. Es ist fast so, als könnte man sich nach dem Höhepunkt im Sonnenjahr wieder mehr Nachdenklichkeit und Innenschau leisten. Auch die im letzten Drittel des Monats Geborenen sind sehr kontaktfreudig, doch sie holen sich die Freunde ins Haus. Sie brauchen Familie und sind alles andere als sprunghaft. Was sie sehen, hören und erleben, nehmen sie sich zu Herzen. Das macht sie verwundbar, und deshalb brauchen diese Juni-Menschen ein gutes Zuhause und viel Schutz. Dann leuchten sie. Sie verinnerlichen die Sonne, während sich die in den ersten zwei Dritteln des Juni Geborenen an ihren Strahlen erfreuen.

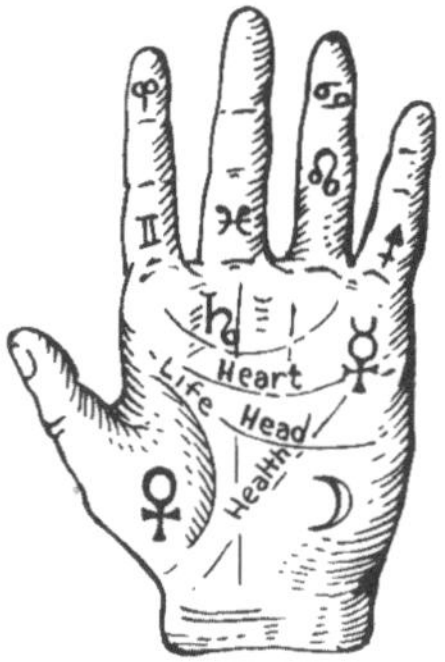

WORAUF ER ACHTGEBEN SOLLTE:

Juni-Menschen sind tatkräftig. Ausdruck der Tatkraft sind die Arme. Starke Oberarme sind ein Symbol für Stärke und Entschlusskraft. Lädt man sich allerdings zu viel auf, tun die Arme weh. Bei aller Umtriebigkeit müssen Juni-Geborene auf ihre Gelenke achten, auf Arme und Hände. Auch durch geistige Unruhe kann es zu Verspannungen kommen. Die aktiven Juni-Menschen sollten das Verweilen üben, damit sie nicht wie überlastete Hummeln plötzlich nicht mehr weiter können. Juni-Menschen sollten die Verschnaufpause wörtlich nehmen. Auf die Muskulatur wirken ein paar tiefe Ausatmer unmittelbar entkrampfend.

Das gilt auch für die im letzten Drittel Geborenen, deren empfindliche Zone etwas tiefer liegt, im Magen. Hier verarbeiten sie ihre Eindrücke. Im Positiven erhöht die verstärkte Innenschau die Sensibilität. Im Negativen führt sie zu Überempfindlichkeit und bereitet Sorgen. Luft ablassen und verschnaufen hilft auch ihnen.

Im Juni bieten sich dafür zahlreiche Möglichkeiten.

ALLES, WAS GUT TUT

Der Juni verwöhnt uns auf ganzer Linie. In seinen Früchten ist die Wärme der Sonne eingefangen, die Kräuter lassen uns die herbe Brise kosten, die er mit sich bringen kann und in den Wurzeln steckt die ganze Kraft der Erde. Bis zum 24. Juni ist Spargelzeit. Die Geschichte dieses Liliengewächses reicht dreitausend Jahre zurück. Schon die Ägypter und Römer wussten seine Heilkraft zu schätzen, heute ist sie wissenschaftlich erwiesen. Spargel birgt wertvolle Vitamine und Spurenelemente, er ist gut für Haut, Haar, Nerven, regt die Nierentätigkeit an, stärkt die Gefäße und das Herz, fördert die Wundheilung, und er schmeckt gut. Am besten kauft man ihn dort, wo er geerntet wird, zusammen mit jungen Junikartoffeln und frischen Kräutern. Auf einem Nachbarfeld kann man vielleicht die Erdbeeren selber pflücken. Eine Köstlichkeit – ob mit Schlagsahne, als Kuchen, auf dem Pudding, als Marmelade oder Püree. Die Italiener geben Zitronen- oder Orangensaft hinzu, echte Schwelger nehmen Champagner. Auch Rosen sind nicht nur zum Betrachten da: Mit ein paar Spritzern Rosenwasser lassen sich Weißwein und Prosecco äußerst fein aromatisieren.

Ende des Monats werden Kirschen und Himbeeren reif, viel Rot bringt der Juni auf den Teller, viel Lust. Der Juni lädt zum Genießen ein, allerdings nicht zum Faulsein.

Die Energieform des Frühsommers ist eine aktive. Energie muss jetzt nicht gespeichert werden, sondern abgegeben. Im Juni ist es deshalb gut, sich viel Bewegung zu verschaffen und die eigenen Grenzen etwas auszudehnen. Jetzt darf intensiver gejoggt werden oder ein paar Runden mehr geschwommen. Alle Sportarten, die man an der Luft ausüben kann, bieten sich im Juni an. Ob Golf, Tennis, Fußball oder Wandern, es ist die Zeit, sich auszuprobieren. Noch wächst das Jahr und mit ihm unsere Energie und vielleicht auch unsere Pläne?
Die Mittsommernacht am 21. Juni bietet sich an, um den ersten Teil des Jahres Revue passieren zu lassen. Erinnern Sie sich daran, was Sie sich alles vorgenommen hatten, noch liegen weitere sechs Monate vor Ihnen. Die Magie der stimmungsvollen, hellen Nacht wird Sie beim Pläneschmieden unterstützen, und wer weiß, laue Sommernächte lassen Wünsche vielleicht schneller in Erfüllung gehen …
Selbstverständlich ist man im Juni auch gern gesellig. Sie können es zum Beispiel den Schweden nachtun, die den *Midsommar* mit Freunden beim traditionellen Krebsessen begehen. Oder Sie fahren aufs Land und besuchen eines der vielen Johannisfeuer, vielleicht findet sich ja jemand, mit dem Sie über die Glut springen. Daraus soll Freundschaft oder Liebe für das ganze Leben entstehen.

DIE WEISHEIT DES FERNEN OSTENS

Die Chinesen ordnen dem Sommer die Energieform *Yang* zu, die man vereinfachend mit männlich gleichsetzen kann. Sie steht für Hitze, Offenheit, Tatendrang, Aktivität. Das zugeordnete Element ist das Feuer und das zugeordnete Organ das Herz.

Im Sommer geht einem das Herz auf! In der traditionellen chinesischen Medizin bezeichnet man das Herz als den Kaiser. Das Herz regiert alles. Und damit es das kann, muss es offen sein, frei und ohne Kummer. Und man kann lernen darauf Acht zu geben. Wird das Herz zu sehr strapaziert, funktioniert nämlich gar nichts.

Das Positive an der Herzensenergie ist Wärme und Leidenschaft, der negative Aspekt ist Verwirrung, Verunsicherung, überemotionales Herumagieren und Gier.

Es kommt immer darauf an, das Gleichgewicht herzustellen. Gerade im Sommer hilft es, das Augenmerk auf das zu lenken, was man hat, auf das, was jetzt schön ist, was einem jetzt begegnet, kurzum auf den Moment, den Augenblick.

Es ist wichtig, keinen Groll zu hegen, alte Rechnungen können später beglichen werden, nicht im Juni.

Um die Energie des Herzens zu befreien und in Fluss zu bringen, tun Bewegungen gut, bei denen wir unseren Oberkörper und die Arme einsetzen: Schwimmen, Tanzen,

Golf, der Schwung kommt aus der Mitte. In der chinesischen Medizin, zu der auch die Qigong-Übungen gehören, arbeitet man viel mit Symbolen und Vorstellungskraft. Bei Atemübungen stellt man sich vor, weißes, gleißendes Licht einzuatmen und schwarzes aus: »Weg mit all dem Dreck.« Sänger kennen diese Übung als den »Lungenfeger«, man macht sie am besten morgens auf dem Balkon oder am geöffneten Fenster: Tief einatmen, durch die Nase, und dann die Luft gepresst mit einem P-Laut ausstoßen bis die Lunge ganz leer ist, und dann wieder tief einatmen … zehnmal nacheinander. Mit einer solchen Sauerstoffdusche fangen Sie jeden Tag gut an.

SCHÖNHEITSTIPPS AUS DEN ROARING TWENTIES

Meine Großmutter hatte in den berüchtigten Goldenen Zwanzigern, den Roaring Twenties, einen Schönheitssalon. Wellness war damals schon en vogue, und zwar für beiderlei Geschlecht. Man trug Masken auf, massierte und enthaarte, legte Wert auf bewusste Ernährung und trieb Gymnastik. Schönheit, so wusste man, kommt von innen. Aber auch die Natur und die Abfolge der Jahreszeiten spielen dabei eine große Rolle. Das berücksichtigte meine Großmutter bei allem, was sie tat und empfahl, in hohem Maße.

Kamille, Rosen, Johanniskraut und Holunderblüten, der Juni bietet alles, was der Gesichtspflege gut tut, und er hat für jeden Hauttyp das Richtige. Unsere Haut braucht jetzt verstärkten Schutz und vor allem viel Feuchtigkeit. Oft ist sie wegen der ersten Sonnenbäder – »Lichtbäder« hieß es noch bei meiner Großmutter – leicht gereizt und irritiert. Alles, was beruhigt, ist also gerade recht.

Gesichtswasser sind ideal. Man trägt sie nach der Reinigung auf, insbesondere abends vor dem Schlafen. Im Sommer sollte sich die Haut nachts regenerieren dürfen und nicht mit zumeist stark fetthaltigen Nachtcremes erstickt werden. Handelsüblichem Gesichtswasser ist oft Alkohol zugesetzt,

der zu Hautreizungen führen kann, Selbermachen lohnt sich in diesem Fall tatsächlich:
Man verrührt reines Rosenwasser mit Rosenblütenauszügen im Verhältnis eins zu drei und gibt anschließend einige Tropfen Jojobaöl hinzu; am besten geht es in einer großen Schüssel. Es dauert etwas, bis sich Öl und Wasser vermengen. Alle Zutaten erhält man in der Apotheke. Füllen Sie das Gesichtswasser in eine dunkle Flasche, dann hält es sich wochenlang.
Rosengesichtswasser ist besonders für die empfindliche und trockene Haut geeignet, es beruhigt und glättet.
Holunder hingegen bringt Frische ins Gesicht. Der zähe, mythenumwobene Baum steckt voller Energie, mit einem Auszug aus den Blüten lässt sie sich einfangen.
Und so wird es gemacht: Hundert Gramm Holunderblüten in einer Schüssel zu einem Mus verreiben, mit einem halben Liter kochendem Wasser übergießen, verrühren und mehrere Stunden ziehen lassen. Durch ein sauberes Geschirrtuch abseihen und in einer dunklen Flasche aufheben. Wollen Sie es länger haltbar machen, geben Sie etwas Eau de Cologne dazu.
Zur Tiefenreinigung der Haut eignen sich Gesichtsdampfbäder am besten. Die Kamille ist ein Multitalent, sie ist reich an organischen Säuren und ätherischen Ölen, eine Kombination, die säubert und pflegt in einem. Zudem

fördert Kamille die Regeneration der Haut, sprich: den erneuten Zellaufbau.

Zusätze von Johanniskraut bieten sich bei unreiner und Mischhaut an. Die in den Blüten enthaltenen Gerb- und Bitterstoffe öffnen die Poren und fördern den Stoffwechsel.

Man überbrüht ein bis zwei Hände voll getrockneter Blüten mit einem Liter kochendem Wasser, beugt das Gesicht vorsichtig über die Schüssel und breitet ein Handtuch über den Kopf, so dass ein kleines Zelt entsteht, unter dem das Gesicht alle Schadstoffe ausschwitzen kann. In der Regel nicht länger als fünf Minuten. Tupfen Sie die Haut vorsichtig ab, tragen Sie Gesichtswasser zur Erfrischung auf – fertig ist das Juni-Gesicht. Klar, frisch und voller Spannkraft.

FESTE UND BRAUCHTUM

Mit dem Frühsommer beginnt die Zeit der Volks- und Schützenfeste. Erste Schützengesellschaften hatten sich als zunftähnliche Verbindungen schon im 13. Jahrhundert gebildet, und nicht die Jagd stand dabei im Vordergrund, sondern der militärische Aspekt. Die Bürgerwehr, die sich hier heranbildete, vermochte Dörfer und Städte selbst zu verteidigen. Damit trugen die Schützenvereine zum Selbstbewusstsein der Bürgerschaft bei. Kein Wunder, dass sie von den Obrigkeiten nicht immer gern gesehen wurden.

5. JUNI

Tag des heiligen Bonifatius

So erfolgreich wie der im Jahr 675 geborene Engländer Bonifatius hat kaum einer missioniert, er gründete zahlreiche Bistümer und organisierte den kirchlichen Zusammenhalt. 744 gründete er das Kloster Fulda. Selbst im hohen Alter von achtzig Jahren zog ihn die Missionsarbeit noch nach Friesland. Hier jedoch fiel er heidnischen Stämmen zum Opfer. Den Leichnam des heiligen Bonifatius brachte man zurück nach Fulda, sein Grab wurde zu einem berühmten Wallfahrtsort. Der heilige Bonifatius ist Patron der Bierbrauer und Schneider. Da er ein guter Pädagoge war, hat man früher oft Schulfeste an diesem Tag ausgerichtet.

15. JUNI

Tag des Sankt Veit/Vitustag

Der heilige Veit, um das Jahr 304 in Sizilien geboren, soll nicht gerade alt geworden sein. Das Kind, heimlich von seiner Amme im christlichen Glauben erzogen, wurde vom eigenen Vater hart dafür bestraft. Doch Vitus ließ nicht ab vom Glauben, die Amme floh mit ihm nach Lucana in Unteritalien, wo der Junge allerhand Wunder tat. Vitus gelang es sogar, den Sohn Kaiser Diokletians von Epilepsie (Veitstanz) zu heilen, doch weil ihn auch der Kaiser nicht dazu bringen konnte, vom christlichen Glauben abzulassen, wurde er bestraft. Der Legende nach hat man ihn zusammen mit seiner Amme und deren Mann in siedendes Öl geworfen, woraus Engel die drei befreiten.

Vitus ist einer der vierzehn Nothelfer, bei ihm erfleht man Schutz vor Blitz und Donner. Er hilft aber auch bei Epilepsie, Tollwut, Bettnässen und Hysterie.

Er ist Schutzpatron der Bierbrauer, Apotheker, Winzer und der Jugend.

An seinem Namenstag beginnt man das Holz für die Sonnenwendfeier zu sammeln. Spätestens jetzt beginnt die Heuernte.

21. JUNI

Sommeranfang, Sonnenwendfeier, Mittsommerfest

(in manchen Jahren auch am 20. oder 22. Juni)

An diesem Tag tritt die Sonne ins Sternbild des Krebses, und damit beginnt der Sommer. Seit alters her wird der längste Tag und die kürzeste Nacht des Jahres gefeiert, ob mit Sonnwendfeuern oder Feuerrädern, mit großen Gelagen oder Trinkritualen. In der Schweiz steigen die Bauern mit ihren Familien auf die Almen und danken dem Vieh, und spätestens seit der Werbung eines großen Möbelhauses wissen wir: Die Schweden tanzen um einen Stock, eine Art Maibaum, der *Midsommerstang* heißt. Entweder essen sie junge Flusskrebse oder junge Kartoffeln mit Hering, zum Nachtisch gibt es Erdbeeren und Schlagsahne, und sie trinken – wahrscheinlich damit sie das alles verkraften – Branntwein dazu.

24. JUNI

Johannistag/Spargelsilvester/Brunnenfest

Der Geburtstag von Johannes dem Täufer wird bereits seit dem 5. Jahrhundert gefeiert. Johannes predigte das Kommen des Messias, dessen Geburt sechs Monate später zur Wintersonnenwende gefeiert wird. Sehr zum Missfallen des Herodes Antipas gewann die Gemeinde rund um den Täufer, zu dem auch Jesus kam, an immer größerem Einfluss

im Volk. Johannes musste sterben, seine Hinrichtung geschah auf Wunsch der Königstochter Salome, die den Kopf des Johannes ihrer Mutter in einer Schale brachte.
Viele der Bräuche aber, mit denen sein Gedenktag gefeiert wird, sind heidnischen Ursprungs. Sie überschneiden sich mit denen des Sonnenwendfestes.
Dazu gehören vor allem die Johannisfeuer, die am Vorabend entzündet werden, aber auch das Scheibentreiben, bei dem glühende Holzscheiben auf einem Stock geschwenkt werden. Auch das Verbrennen von Strohpuppen war und ist noch mancherorts üblich.
Johanniskraut wird nicht nur wegen der Heilkraft, sondern auch als Abwehrzauber gegen böse Geister gepflückt, die Sträuße hängt man unter das Hausdach.
Auch Kronen aus Blumen und Kräutern werden heute noch gebunden. Und alle möglichen Wunder geschehen: Wem ein Samen in den Schuh fällt, kann unsichtbar werden, versunkene Glocken läuten, jede Menge Geister sind unterwegs. Außerdem wurden früher an diesem Tag die Brunnen gereinigt und der neue Brunnenmeister gewählt. Auch heute gibt es in den Dörfern noch Brunnenfeste zu Johanni.
In Mainz ist die Tradition des »Gautschens« neu aufgeblüht: Buchdruckerlehrlinge werden in einem Bottich »getauft« und erhalten so ihren Gesellenbrief, verbunden ist die Feier mit einem Volksfest.

29. JUNI

Tag der Apostel Petrus und Paulus

Auch die Feiern zu diesem Tag gehen weit zurück bis ins 4. Jahrhundert. Der heilige Petrus, oberster Hirte der Kirche, ist Patron der Fischer. Früher wurden die Fischerboote geweiht, den Fischfang des Tages bekam der Pfarrer. Der beiden Heiligen wird gemeinsam gedacht, da sich der Legende nach ihre Gebeine gemeinsam in einem Grab befanden.

Pfingsten ist ein bewegliches Fest. Es kann zwischen dem 10. Mai und dem 13. Juni, der Pfingstgrenze, liegen. Es wird am fünfzigsten Tag nach Ostern gefeiert (Wortherkunft griechisch: *pentekoste*). Es ist das Fest des Geistes, der Klarheit. Im Brauchtum aber verbindet sich eher Übermut damit. In manchen Gegenden wurden Menschen zum Pfingstochsen gekürt, und nicht nur der schönste Ochse, der »Pfingstlümmel«, machte Schabernack im Dorf; es gab neue Kleider beziehungsweise das eine neue Sommerkleid. Viele machen heute die ersten kurzen Ferien, einen Ausflug ans Meer oder in die Berge.

UND SO HAT DER JUNI GESCHICHTE GEMACHT

Wussten Sie, dass es ein Junitag war, an dem vor mehr als fünfzig Jahren Königin Elizabeth II. den Thron bestieg. Sechzehn Monate nach dem Tod ihres Vater König George VI. begann die erfolgreiche Geschichte der damals erst siebenundzwanzigjährigen Elizabeth Alexandra Mary Windsor. Es war der 2. Juni 1953, die Zeremonie gehörte zu den ersten großen Medienereignissen, die im Rahmen der Eurovision live ausgestrahlt wurden.
Hier nun einige weitere Ereignisse, mit denen der Juni in den letzten hundert Jahren Geschichte machte:

1. Juni 2000: In Hannover begann die Expo 2000, die erste Weltausstellung in Deutschland. Sie stand unter dem Motto »Mensch, Natur und Technik – eine Welt entsteht«.

2. Juni 1967: Auf einer Demonstration in Westberlin wurde der Student Benno Ohnesorg von einem Polizisten erschossen, sein Tod führte zur Radikalisierung der Protestbewegung. In den 70er Jahren gründete sich die nach diesem Datum benannte »Bewegung 2. Juni«.

6. Juni 1944: Um 6.30 Uhr begann die Invasion der Alliierten an der Küste der Normandie. Der Tag ging als D-Day in die Geschichte ein, auch in unsere Juni-Geschichte.

15. Juni 1977: In Spanien fanden nach vier Jahrzehnten der Diktatur die ersten freien Wahlen statt.

17. Juni 1953: In der DDR kam es zum Volksaufstand. Der Tag wurde daraufhin bis zur Wiedervereinigung in Westdeutschland als »Tag der deutschen Einheit« begangen.

20. Juni 1948: Mit der Währungsreform wurde die alte Reichsmark durch die D-Mark abgelöst, der Beginn des Aufschwungs und des sogenannten Wirtschaftswunders.

23. Juni 1948: Als Protest gegen die Einführung einer neuen westdeutschen Währung verhängten die Sowjets die Berliner Blockade. In einer beispiellosen Hilfsaktion wurde Berlin durch die Luft versorgt. Die Luftbrücke bestand bis Mai 1949.

26. Juni 1963: Der amerikanische Präsident John F. Kennedy sagte anlässlich eines Deutschlandbesuchs den Satz »Ich bin ein Berliner«, die Alliierten garantierten Berlin die Freiheit.

GEBURTSTAGSKINDER

1. Juni 1962
Marilyn Monroe (Norma Jean Baker), in Los Angeles, Schauspielerin

2. Juni 1920
Marcel Reich-Ranicki, in Wloclawek, Literaturkritiker

3. Juni 1906
Josephine Baker, in Saint Louis (Missouri), Tänzerin und Sängerin

4. Juni 1882
Karl Valentin, in München, Komiker

5. Juni 1898
Federico Garcia Lorca, in Fuentevaqueros/Granada, Dichter

6. Juni 1875
Thomas Mann, in Lübeck, Schriftsteller, Nobelpreisträger, und Bernd Schroeder, 1944, in Aussig, Schriftsteller und Autor des Monats

7. Juni 1848
Paul Gaugin, in Paris, Maler

9. Juni 1843
Bertha von Suttner, in Prag, österreichische Schriftstellerin und Friedensnobelpreisträgerin

10. Juni 1844
Carl Hagenbeck, in Hamburg, Zoogründer
11. Juni 1864
Richard Strauss, in München, Komponist und Dirigent
12. Juni 1929
Anne Frank, in Frankfurt/Main, Autorin, Holocaust-Opfer
13. Juni 1893
Dorothy L. (Leigh) Sayers, in Oxford, Schriftstellerin
14. Juni 1969
Stefanie »Steffi« Graf, in Brühl, Tennisspielerin
15. Juni 1947
Salman Rushdie, in Bombay, Schriftsteller
16. Juni 1938
Joyce Carol Oates, in Lockport (New York), Schriftstellerin
17. Juni 1882
Igor Strawinsky, in Oranienburg/Russland, Komponist
18. Juni 1929
Jürgen Habermas, in Düsseldorf, Philosoph und Soziologe
19. Juni 1937
André Glucksmann, in Boulogne, Philosoph
20. Juni 1940
Eugen Drewermann, in Bergkamen, Theologe
21. Juni 1905
Jean Paul Sartre, in Paris, Philosoph und Schriftsteller

22. Juni 1949
Meryl Streep, in Summit (New Jersey), Schauspielerin
23. Juni 1887
Ernst Rowohlt, in Bremen, Verleger
24. Juni 1930
Claude Chabrol, in Paris, Filmregisseur
25. Juni 1926
Ingeborg Bachmann, in Klagenfurt, Schriftstellerin
26. Juni 1892
Pearl S. Buck, in Hillsboro (West Virginia), Schriftstellerin
27. Juni 1955
Isabelle Adjani, in Paris, Schauspielerin
28. Juni 1807
Philipp Reclam, in Leipzig, Verleger
29. Juni 1900
Antoine de Saint-Exupéry, in Lyon, Schriftsteller
30. Juni 1893
Walter Ulbricht, in Leipzig, Politiker

KARL EDERERS JUNI-MENÜ

Blätterteig-Spargel-Tarte
mit einem Spargelsalat
*
Geschmortes vom Zicklein
*
Erdbeeren mit einem grünen
Pfeffergelee und Honig
*
(jeweils für 4 Personen)

1. Blätterteig-Spargel-Tarte mit einem Spargelsalat

Zutaten:
4 Blätterteigscheiben (Fertigprodukt), je nach Stärke ungefähr 3 Stangen Spargel pro Person, Kerbel, 20 g Butter, Zitronensaft

Zubereitung:
Den Spargel schälen. Die Blätterteigscheiben auf ca. 10 x 15 cm ½ cm dick ausrollen und auf ein Backblech legen, salzen und pfeffern.
Den Spargel der Länge nach in 2–3 mm dicke Streifen

schneiden und auf die Blätterteigscheiben legen, nochmals würzen; mit etwas Zitronensaft beträufeln. Im Ofen bei 180 bis 200 °C mit viel Unterhitze in ca. 10 Min. knusprig backen.
Die Spargelreste in gleichmäßige Stücke schneiden, mit wenig Butter in einer Pfanne garen (nicht bräunen), mit etwas Zitronensaft, Salz, Pfeffer, Zucker und Pflanzenöl lauwarm marinieren.
Die Tarte auf den Teller setzen, den Salat dazugeben und mit Kerbel garnieren.

2. Geschmortes vom Zicklein
(eignet sich auch für Milchlamm)

Zutaten:
2 Zickleinschultern à ca. 400 g, 1 jungen Knoblauch, 4 Lauchzwiebeln, 4 kleine Karotten, 1 Bund grüner Spargel, 1 kl. Bund Petersilie, 1 Gemüsezwiebel, 8 kleinere neue Kartoffeln, etwas Weißwein

Zubereitung:
Die Zickleinschultern salzen und pfeffern, mit Mehl bestäuben; eine Bratreine im Ofen mit etwas Olivenöl auf ca. 200 °C erhitzen, die Zickleinschultern hineinlegen, leicht

anbraten; die klein geschnittene Gemüsezwiebel zugeben, mit wenig trockenem Weißwein und Wasser auffüllen, bis die Schultern knapp bedeckt sind. Den Knoblauch vierteln und dazugeben.

Die Kartoffeln gründlich waschen, nicht schälen und ebenfalls dazugeben.

Den grünen Spargel brechen, kurz kochen, abkühlen lassen.

Die Karotten gründlich bürsten, mit etwas Butter, Salz und Pfeffer in wenig Wasser dünsten.

Die Schultern 45–60 Min. schmoren lassen, bis sich das Fleisch leicht vom Knochen löst. Wenn nötig, immer ein wenig Wasser angießen (bei Umluft ist mehr Wasser nötig!)

Die Schultern herausnehmen und warm stellen, die Sauce evtl. noch einkochen, nachschmecken und mit der gehackten Petersilie verfeinern.

Das Fleisch vom Knochen lösen, auf den Tellern anrichten; die Sauce mit den Kartoffeln und dem Knoblauch dazugeben, das Gemüse dekorativ dazu anrichten.

3. Erdbeeren mit einem grünen Pfeffergelee und Honig

Zutaten:

Erdbeeren, 1/2 El eingelegter grüner Pfeffer, 2 El Zucker, 1/8 l Weißwein, 1/8 l Wasser, 2–3 Blatt Gelatine

Zubereitung:

Den Pfeffer fein hacken, den Zucker in einem kleinen Topf leicht bräunen, den Pfeffer, Wein und Wasser zugeben und einmal aufkochen.

Die eingeweichte Gelatine ausdrücken und darin auflösen.

Das Gelee mit etwas Balsamicoessig abschmecken, in eine Schüssel füllen und im Kühlschrank fest werden lassen.

Die Erdbeeren halbieren, dekorativ auf Tellern anrichten.

Einige überreife Erdbeeren pürieren und mit etwas Zuckersirup verdünnen.

Das Pfeffergelee stürzen, in gleichmäßige Würfel schneiden und über die Erdbeeren verteilen. Den Honig in feinen Fäden darüberlaufenlassen und zum Schluss mit der Erdbeersauce garnieren.

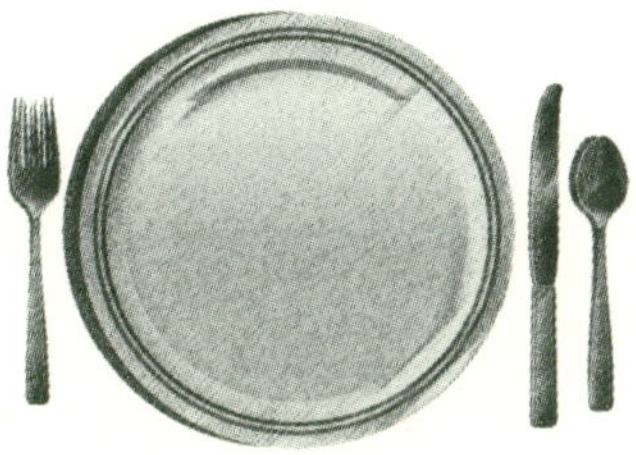

Und nun zur Geschichte des Monats. Lesezeit ist schließlich immer!
Und worum geht es? Um den Juni natürlich! Und darum, wie der Juni Geschichte gemacht hat und wie die Geschichte einen Menschen von klein auf bestimmen, aber auch verändern kann. Manchmal, wenn die Sonne am höchsten steht, geschehen nämlich ganz erstaunliche Dinge. Menschen, die man zu kennen glaubte, verwandeln sich dann, plötzlich sind sie jemand anderer. Oder doch nicht? Groß sind die Geheimnisse des Lebens, besonders, wenn man sie mit Kinderaugen betrachtet, groß und weit wie der Sommerhimmel, aber lesen Sie selbst …

AUF AMERIKA VON BERND SCHROEDER

»Es war wie Urlaub, vom Krieg haben wir nichts mitbekommen«, sagte meine Mutter später.

Während am 6. Juni 1944 die Alliierten in der Normandie landeten, warteten weit entfernt, in Aussig, heute Tschechien, deutsche Frauen, die man aus dem zerbombten Berlin hierher gebracht hatte, auf die Geburt ihrer Kinder. Die Männer waren im Krieg. Um fünf Uhr morgens, an diesem 6. Juni, wurde ich geboren, als zweiter Sohn.

Nachdem sich mein Vater durch eine abenteuerliche Flucht von der Front zu Frau und Kindern durchgeschlagen hatte, wovon er später gerne und ausführlich erzählte, spürte die Familie doch noch den Krieg. Die Russen kamen näher, wir mussten fliehen. Es verschlug uns nach Bayern, in ein Flüchtlingslager bei Erding, wo die Amerikaner den Militärflughafen besetzt hielten und mein Vater als Dolmetscher arbeiten konnte.

Da er nun sich und seine junge Familie und eine zu uns gestoßene Tante mit ihrem Sohn zu versorgen hatte, versuchte er neben dem Job bei den Amerikanern auf alle möglichen Arten zu Geld, Essen, Trinken und Zigaretten zu kommen. Da kam er auf eine, wie er später immer betonte, geniale Idee. Er nahm mich, den am Tag der Invasion Geborenen, mit in die Kasernen und Clubs. Er zeigte den Soldaten meine

Geburtsurkunde und sie ließen sich zahlreich, ob weiß, ob schwarz, mit dem »Invasion-Baby« auf dem Arm fotografieren. Dafür gab's Whisky, Zigaretten, Schokolade, Kommissbrot in Dosen und dergleichen.

Die Vorstellung gefiel mir immer, dass irgendwo in der amerikanischen Provinz ein Amerikaner, sagen wir in Massachusetts oder in Nebraska, vom Krieg in Deutschland erzählt und dass er zum Beweis ein Foto zeigt mit dem deutschen »Invasion-Baby«.

Dass die Amerikaner meinen Vater damals trotz dieser Kontakte ein halbes Jahr einsperrten, das verschwieg er, der sein Leben stets interessanter fand als jeden Roman, später gern. Angeblich hatte ihn ein Vorgesetzter der Amis verdächtigt, die Geschenke gestohlen zu haben. Da sich später herausstellte, dass mein Vater doch ein größerer Nazi war, als er uns gegenüber wahrhaben wollte, glaube ich heute, dass die Bestrafung schon eher damit zu tun hatte.

Nach seiner Haft verließen wir das Flüchtlingslager und landeten in einem bayerischen Dorf, das unsere Heimat werden sollte. Meinen zweiten Geburtstag, so erzählt meine Mutter, feierte ich schon auf dem Schoß der Lammer-Mutter, der Bäuerin, bei der wir in zwei Zimmern unterm Dach bis zu meinem achten Lebensjahr wohnten. Im Juni 1946 begann eine glückliche Kindheit.

Im Juni liefen wir Dorfkinder barfuß. Immer, bei jedem Wetter, überallhin, auch in die Kirche und in die Schule. Eigentlich auch schon im Mai. In den Monaten ohne »r«, von Mai bis August, brauchten wir keine Schuhe. Wir traten uns Nägel oder Glasscherben ein und es bildete sich Hornhaut unter den Füßen, die nie richtig sauber wurden. In der Schule, wo alle acht Klassen in einem Raum waren, stank es im Juni wie in einem Kuhstall, denn natürlich mussten die Bauernkinder morgens im Stall helfen und kamen nicht dazu, sich danach die Füße zu waschen.

Mit dem Juni war für uns der Sommer wirklich da. Wir hüteten die Kühe des Dorfes, fingen im Bach Forellen mit der Hand und schauten in der Scheune nach, was bei den Mädchen anders war als bei uns. Es war schön, im Juni Geburtstag zu haben. Es gab Erdbeertorte, man konnte mit den Verwandten aus der Stadt draußen sitzen, was das Einzige war, was sie an unserem Leben beneideten. Dass im Juni der Holunder blühte und wunderbar roch und dass die Bauerngärten begannen, ihre vollste Staudenpracht zu entfalten, das wurde mir erst bewusst, als ich nicht mehr auf dem Dorf lebte. Während meiner Volksschulzeit unterschied mich viel von meinen Vettern aus der Stadt. Mein Spielzimmer war die Natur, waren die Höfe, die Handwerksbetriebe, die Felder und Wiesen, das Moos und der Wald. Besorgt sagte

meine Tante aus der Stadt oft zu meinen Eltern: »Die Kinder verwildern.«
»Was soll ich dagegen tun?«, fragte meine Mutter.
»Gut so«, sagte mein Vater.
Er, kann man sagen, verwilderte ja auch.

Alles das änderte sich, als ich aufs Gymnasium kam.
Zu den Dorfkindern kamen andere dazu. Die wuchsen anders auf, lebten in stattlicheren Häusern in der Stadt, hatten drei Paar Schuhe und zu Hause ein Telefon. Ihre Eltern waren reich, hatten ein Auto und waren vornehm, »Städterer halt«, wie die Lammer-Mutter sagte, die, glaube ich, nie in der Stadt gewesen war.
Ich verglich meine Eltern mit den Eltern der Stadtkinder. Meine schnitten nicht immer gut ab, und es dauerte einige Zeit, bis ich es ertragen konnte, dass mich meine Schulkameraden aus der Stadt im Dorf besuchten.
Am 6. Juni 1956, zu meinem zwölften Geburtstag, kamen dann zum ersten Mal mehrere Jungs aus der Stadt. Mit Fahrrädern waren sie herausgefahren. Meine Freunde vom Dorf, die Geburtstagsfeiern nicht kannten, man feierte den Namenstag, nicht den Geburtstag, blieben fern. Sie mussten das Heu einfahren, es sollte in der Woche darauf regnen. Das war mir recht so. Mutter hatte eine Erdbeertorte gebacken, es gab Kakao, alle hatten kleine Geschenke mitgebracht, ein

Sigurd-Heft, ein Tarzan-Heft, ein Foto vom letzten Wandertag, eine Tafel Schokolade, ein paar Stangen Vivil und sogar ein Autogramm vom großen Torwart Toni Turek (das hatte der Mitschüler doppelt).

Der Nachmittag verging reibungslos. Meine Mutter war freundlich mit den Kindern, die ihr besser gefielen als die Bauernkinder.

Dann kam mein Vater. Leicht betrunken, angeheitert, kam er von einer Beerdigung zurück, die sehr lustig gewesen sein muss. Das kam vor; meistens dann, wenn der Schmerz über den Verlust so groß war, dass man ihn im Alkohol ertränken musste. Wenn sehr alte Menschen gestorben waren, ging es »auf der Leich«, wie man das Essen und Trinken nach der Grablegung bezeichnete, nicht so lustig zu. Bei der »Leich« eines natürlich Gestorbenen stand einfach die Frage im Raum, hing wie ein Schwert über den älteren Männern und Frauen, »wer wird der Nächste sein?«

Meinem von Trauer trunkenem Vater fielen nun meine Schulkameraden aus der Stadt in die Hände. Er erzählte ihnen »seine« Geschichte, die er nicht oft genug erzählen und immer wieder neu ausschmücken konnte. Die Jungs aus der Stadt freuten sich und hatten Spaß. Ich aber schämte mich.

Sehr viel später, an meinem 38. Geburtstag, dem ersten, an dem mein Vater nicht mehr lebte, im Juni 1982, hätte ich mir gewünscht, er hätte meinen Freunden, die ich eingeladen hatte, diese Geschichte erzählt. Ich hab es selbst getan. Im Juni 1944 erreichte meinen Vater »im Feld« die Nachricht von der Geburt seines zweiten Sohnes. Gerade von einer Verletzung im Lazarett in Berlin genesen, wollten sie ihn zusammen mit Vierzehnjährigen als Himmelfahrtskommando noch gegen den Russen schicken. Kurz vor dem Abmarsch erreichte ihn die Meldung. Er desertierte, »sprang vom Lastwagen, schlug sich in die Büsche« und gelangte »auf abenteuerlichen Wegen« nach Aussig, zu Mutter und Söhnen. Auf der Entbindungsstation zeigte man ihm ein Dutzend Neugeborener und bat ihn, sich doch eines auszusuchen. Da habe er ohne zu zögern auf mich gezeigt. Wie der Vater diese Geschichte erzählte, wie er sie veränderte, anreicherte, wie er, vom Saulus zum Paulus geworden, die Tatsache seines Desertierens ausschmückte, das wäre, um ihn zu zitieren, »ebenfalls ein Roman«.

Unser Dorf hatte mit den Flüchtlingen um die 360 Einwohner.

»Es sind 365«, sagte der Lehrer einmal, »für jeden Tag des Jahres einer.« Das ließ mich damals glauben, dass jeder Dorfbewohner an einem anderen Tag des Jahres Geburtstag hätte. Dass das Unsinn war, begriff ich, als sich herausstellte, dass der Wirtsknecht Veit, den ich so sehr bewunderte und mochte, auch am 6. Juni geboren worden war, allerdings sechzig Jahre vor mir. Dieses Datum verband uns. Und wenn der Veit selbst seinen Geburtstag nicht feierte, so schenkte er mir doch jedes Jahr ein Geldstück.

Vom Veit lernte ich Weidenpfeifen zu schnitzen, Maulwürfe zu fangen und das Melken. Er erklärte mir, warum man die Kuh zum Stier und die Sau zum Eber treibt, warum der Pfarrer keine Frau hat, dass der Papst in Rom lebt, aber auch keine Frau hat, und dass man »auf Rom« nur mit dem Schiff fahren könne, denn da müsse man übers Meer, genauso wie wenn man »auf Amerika« wolle.

»Auf Amerika«, sagt man in der Sprache, die meine Muttersprache geworden war, obwohl meine Mutter sie nie sprach. »Ich gehe auf Amerika.« »Der Hamacher hat den ganzen Hof verkauft und ist auf Amerika gegangen, man hat nie mehr etwas von ihm gehört. Wie mags dem z'Amerika gegangen sein?!« Wenn man sagen will, dass man von Hausen nach Oberhausen geht, sagt man, »ich geh auf Oberhausen.« Das besagt aber nicht, dass man das so sagt, weil man zum höher gelegenen Oberhausen hinaufgeht. Auch wenn man nach Niederhausen hinuntergeht, sagt man, »ich geh auf Niederhausen.«

Mein Vater sprach meine Muttersprache auch nicht.

Er hatte keine Muttersprache. So war sein Leben. Das wäre »ebenfalls ein Roman«.

Auf die Frage, warum er keine Frau habe, schwieg der Veit, und

zu meinem Vorschlag, dann könne er doch Pfarrer werden, sagte er: »Da müssert ich ja mit dem Hirn anschaffen. Aber ich kann's ja nur mit die Händ.«
Geistige Arbeit, wie man sie dem Pfarrer, dem Lehrer und allenfalls meinem Vater, der die Landwirtschaft nicht gelernt, sondern studiert hatte, zuordnete, bewunderte und fürchtete der Veit. Mit denen ließ er sich nicht ein. So ging er zwar in die Kirche, aber er beichtete nicht. Was hätte er auch beichten sollen?, dachte ich damals.
Einmal im Jahr bekam der Veit beim Wirt seinen Lohn, alle zehn Jahre ein Paar Schuhe und dreimal in seinem Leben einen Sonntagsanzug. Den brauchte er für den Kirchenbesuch, die Hochzeiten und die Beerdigungen, die Fahnenweihen und den Feuerwehrball. Arbeitskleidung, Essen und Trinken und eine Kammer im Dach, mehr brauchte Veit zum Leben nicht. Ich glaube, er, der nichts besaß, war der zufriedenste Mensch in unserem Dorf. Als Knecht des Gastwirts, der neben Gaststätte und Metzgerei noch eine kleine Landwirtschaft betrieb, hatte er genug zu tun, und auch die täglich fünf bis acht Biere waren gesichert. Das war im Vergleich zu den anderen Männern nicht viel. Veit tat alles, auch das Trinken, bedächtig. Das Reden sowieso.
Er war der Erfinder der Bedächtigkeit.
»Ein Mann geht einen Weg«, pflegte er zu sagen, wenn man ihn mit zu vielen Aufträgen verwirren wollte:

Erst dengelte er die Sense.
Dann trank er ein Bier.
Dann putzte er das Schlachthaus.
Dann trank er ein Bier.

Veit war in keinem der Kriege.
Über die Gründe dafür gab es verschiedene Geschichten. Er selbst sprach über sein Leben nie. Im ersten Weltkrieg, so erzählte man, habe der Wirt, sein damaliger Arbeitgeber, der Großvater des Wirts, gesagt, »mach ihnen den Deppen«. Er habe ihnen dann den Deppen gemacht und sei so vom Soldatsein verschont geblieben. Andere sagten, der Veit sei nie offiziell gemeldet gewesen, es habe ihn also gar nicht gegeben, weswegen er nicht eingezogen wurde. Auch das Gerücht, er habe bei der ersten Schussübung als Rekrut auf einen Vorgesetzten geschossen und den knapp verfehlt, und man habe ihn danach nach Hause geschickt, machte die Runde. Wie immer, wenn es um ihn und sein Leben und seine Herkunft und seine Geschichte ging, schwieg er dazu.
»Ich weiß nix und ich sag nix und weil ich nix weiß, sag ich nix, und wenn ich was wissert, sagert ich auch nix.«
Für den Zweiten Weltkrieg war er dann zu alt. Darüber war die Wirtin froh, denn es war ein Mann auf dem Anwesen.

Er ist im Juni geboren, wie ich.

Der Juni war sein Monat. Im Juni dengelte er die meisten Sensen, denn er war der beste Sensendengler weit und breit. Im Juni fuhr er das Heu ein, und im Juni saßen er und ich bei der Lammer-Bäuerin, bei der wir mit den Eltern lange wohnten, die mir wie eine Mutter war, die die Mutter meiner Sprache war. Wir aßen »Hollerkücherl«. Das waren Holunderblüten, als ganze Blütenstiele in Teig getaucht und in Fett herausgebacken, ähnlich wie die sogenannten »Ausgezogenen«, die es freitags gab. Während wir aßen, las die Bäuerin aus der Kirchenzeitung vor, was in der Welt passierte. Und Veit, der, glaube ich, nicht wirklich schreiben und lesen konnte, sagte ein ums andere Mal: »Lammer-Bäuerin, das ist in der Welt draußen, das geht uns nix an.«

Als ich aufs Gymnasium kam, war ich in seinen Augen für ein normales Leben verloren. Wozu hatte er mir Melken und Mähen beigebracht und wie man ein Kaninchen und ein Huhn schlachtet?

»Armer, armer Bub«, sagte er, als ich ihm erzählte, dass ich die Aufnahmeprüfung bestanden hatte.

Und später schaute er mich oft lange an und sagte:

»Bub, Bub, tut dir nicht oft der Kopf weh von der ganzen Lernerei?«

Am 1. Juni 1958 kam die Postlerin in die Metzgerei und sagte zur Wirtin:

»Da ist ein Brief für den Veit.«
»Was?!«
» Wie ich es sag.«
»Für den Veit?«
»Wie ich es sag.«
»Von wem kriegt denn der einen Brief?«
»Notar Köhler.«
»Was steht denn drin?«
»Das weiß ich doch nicht.«
»Ja mach ihn halt auf!«
»Das darf ich nicht.«
»Geh zu! Dann gib ihn her.«
»Er muss unterschreiben.«
»Da unterschreib halt ich.«
»Nein, Wirtin, persönlich zu übergeben, heißt's.«
»Ich geb ihn ihm ja persönlich.«
»Nein, das geht einmal nicht. Das ist die Vorschrift. Wo is er denn, der Veit?«
»Am Hausacker oben.«
»Dann geh ich halt hinauf zu ihm.«
Sie ging. Neugierig, wütend schaute ihr die Wirtin nach.
»Jetzt hätte sie auf einmal auch Vorschriften!«
Die Wirtin rannte zum Schuppen hinüber, wo der Wirt arbeitete. Er sah, dass sie furchtbar aufgeregt war.
»Was ist denn passiert?«

»Der Veit hat einen Brief gekriegt. Von einem Notar.«
»Ja, nachher wird er vielleicht was erben. Aber von wem?«
»Der hat doch keinen.«
»Was wissen wir.«

Als mein Vater am Abend mit der unerhörten Nachricht heimkam, hatte meine Mutter es schon im Kramerladen erfahren: Der Veit hat einen Brief bekommen! Es ging wie ein Lauffeuer durchs Dorf, und es erstaunte alle, denn in den 60 Jahren, die der Veit jetzt Wirtsknecht war, hatte er noch nie einen Brief bekommen. Da er sich über den Inhalt des Briefes ausschwieg, auf Nachfragen einfach nicht antwortete, ja sogar so tat, als wisse er gar nichts von einem Brief, stellte man allerlei Spekulationen an. Hatte er geerbt? Hatte es doch noch einen Verwandten gegeben, den Veit beerbte? War Veit vielleicht der uneheliche Spross eines Bauern und erbte jetzt einen Hof? Aus dem Wenigen, was man über den Veit wusste, ersann man unglaubliche Geschichten. Und irgendwie tauchte plötzlich, keiner wusste, wie und warum, das Stichwort »Amerika« auf.
Der Viehhändler und der Hochzeitslader, in ihrem Berufsethos sich sehr ähnlich, liebten es, Gerüchte zu verbreiten, und sie taten es in diesem Fall gemeinsam, abgesprochen und erfolgreich.
Es wurde eine Geschichte daraus:

Veit Kolbs Eltern, Kleinbauern aus dem Badischen, hatten Ende des neunzehnten Jahrhunderts ihren Hof verkauft und waren auf Amerika gegangen. Den jüngsten Sohn, Veit, gerade aus der Volksschule heraus, hatten sie dagelassen, da das Geld für die Überfahrt nicht gereicht hatte. Er war auf Wanderschaft gegangen und bei den Hausener Wirtsleuten als Knecht gelandet. Drüben waren die Kolbs mit riesigen Rinderfarmen zu Reichtum gekommen, und jetzt, da die Eltern gestorben waren, wartete drüben ein stattliches Erbteil. Der Notar hat ein halbes Jahr gebraucht, bis er den Veit gefunden hat.
Der Hochzeitslader kannte einen, der einen kannte, der den Notar Köhler kannte, von dem der Brief gekommen war. Der habe, so der Hochzeitslader, alles bestätigt, nur die Summe der Erbschaft dürfe er nicht sagen.
Am Abend des 1. und am Abend des 2. Juni waren mehr Gäste in der Wirtschaft als sonst. Man hatte sich verschworen, aus dem Veit herauszubekommen, was an der ganzen Sache dran sei. Der schwieg sich aus.
»Es ist halt eine Familiensach, die erledigt sein muss.«
Mehr sagte er nicht.
Mein Vater, geradezu fanatisch in seiner Wahrheitsfindung, hatte zunächst nichts von der Geschichte gehalten. Jetzt aber zog er den für ihn logischen Schluss, dass Veit darüber reden würde, wenn es nur eine harmlose Familiensache wäre,

dass er aber schweige, weil die Sache für ihn zu groß, zu unermesslich, nicht begreifbar sei. Selbstverständlich bot mein Vater, der sich für weltmännisch hielt, dem Veit alle seine Hilfe an, die der dankend ablehnte.
»Musst du jetzt auf Amerika?«, fragte einer.
»Es muss einer hin, wo einer hinmuss.«
Veit war klug genug, sich aus der Affäre zu ziehen, indem er ihnen, wie den Militärköpfen des ersten Weltkriegs, den Deppen machte.

Als der Veit am Morgen des 3. Juni nicht zur Stallarbeit und danach auch nicht zum Frühstück erschien, ging die Wirtin mit Herzklopfen zu seiner Kammer hinauf. Der Veit, sein Sonntagsanzug, die guten Schuhe, seine Kennkarte und der Brief waren weg.
Er war weg, niemand hatte ihn gehen sehen und er blieb weg. Drei Wochen. Am 24. Juni war er pünktlich zur abendlichen Stallarbeit wieder da. Niemand hatte ihn kommen sehen.
Veits Verschwinden verfestigte natürlich die Theorie von der amerikanischen Erbschaft. Wenn man sich auch nicht vorstellen konnte, selbst mein Vater nicht, dass der Veit nach Amerika gegangen war, um eine Erbschaft anzutreten, so hatte man doch schon gelegentlich von solchen Dingen gehört, und man wollte es einfach glauben.
Mein Vater, der plötzlich von Amerika erzählte, als sei er oft

dort gewesen, in Wirklichkeit war er nie dort gewesen, nährte nun die Geschichte mit allerlei Details. Wenn die Eltern des Veit, wie man höre, mit Rinderzucht reich geworden seien, dann handle es sich auf jeden Fall um Chicago. Chicago, den Namen warf er in den Raum, zelebrierte ihn. Chicago, das heiße Gangstertum! Da nehme man einem wie dem Veit das Geld schneller wieder ab, als er es bekommen habe. Es sei schlicht unverantwortlich, den armen, einfachen Kerl, immerhin schon über siebzig Jahre alt, da alleine hinfahren zu lassen. Veit, so mein Vater, hätte sich ihm anvertrauen sollen. Er spreche schließlich amerikanisches Englisch, ja da sei ein Unterschied zwischen englischem Englisch und amerikanischem Englisch. Er hätte den Veit begleiten können, ihm helfen, ihn beraten, ihn vor dem in Chicago totsicheren Zugriff der Gangster bewahren können.

Die Bauern seufzten.

Die Wirtin sprach von Undankbarkeit.

»Wenn er überhaupt wiederkommt, dann kommt er so arm wieder, wie er hingegangen ist«, sagte mein Vater.

»Mir soll's recht sein«, sagte der Wirt, »wenn er nur wieder kommt.«

»Und, warst du z'Amerika?«

»Mit einem Flieger oder mit einem Schiff?«

»Oder z'Fuß?«

Gelächter.
Sie fragten nach allen Regeln der Kunst, versuchten ihm etwas zu entlocken, kramten das Wenige zusammen, was sie über Amerika wussten, er aber schwieg.
Lächelte, genoss ihre Fragen und schwieg.
Er war jetzt ein anderer.
Für seine Herkunft hatte sich nie jemand interessiert. Er war da, gehörte hierher und aus. Jetzt aber, da sie über drei Wochen in seinem Leben nichts wussten, machte es sie schier verrückt. Sie wurden laut, beanspruchten ein Recht auf Auskunft, beschimpften ihn, stritten sich.
Er schwieg.
»Lasst ihn in Ruhe«, sagte mein Vater, »vielleicht hat er Furchtbares erlebt. Irgendwann wird er's schon erzählen.«
Da mischte sich die Wirtin ein: »Drei Wochen von der Arbeit wegbleiben, da muss einer schon einmal sagen, warum.«
»Es hat halt was Wichtigs erledigt werden müssen«, sagte der Veit. Dann schwieg er wieder. Er lächelte. Das machte sie noch wütender.Die Gelassenheit, mit der er ihre Neugier ertrug, sprach nicht für die Theorie meines Vaters. Das dachten fast alle. Und so erhärtete sich der Verdacht und wurde für viele zur Gewissheit: Der Veit hat ein Erbe gemacht, ist ein reicher Mann, lebt aber sein Leben so weiter wie bisher.
Die Wirtsleute, vor allem aber die Wirtstochter behandelten ihn bis zu seinem Tode liebevoller, als sie das ohne eine

Hoffnung auf ein eventuelles Erbe getan hätten.
Der Veit starb an einem Freitag im Juni 1972.
Bei der Beerdigung soll es sehr lustig zugegangen sein. Natürlich. Er hatte zwar keine Verwandten, aber er fehlte allen im Dorf, das man sich ohne ihn kaum vorstellen konnte.
Morgens mistete er den Stall aus, dann trank er mit dem Viehhändler, der gerade eine Sau gebracht hatte, in der Wirtschaft ein Bier, aß ein wenig Schweinernes, beklagte wieder, wie so oft, dass er alles habe zum Leben, sogar eine Gesundheit, aber nichts zum Sterben, kein Geld für einen Sarg und für eine »Leich« und ein Grab schon gar nicht. Hatte ihn der Wirt früher leidlich damit beruhigt, dass er sagte, »jetzt stirb erst einmal, dann red von einem Grab«, so stellte er jetzt klar, dass Veit natürlich in das Grab der Wirtsfamilie hineinkönne in Gottes Namen.
»Da ist genug Platz drin«, sagte er, »wo doch die meisten eh in Russland oder Frankreich liegen.« In der Tat, man konnte es auf einer Tafel über dem Stammtisch sehen: Von fast allen Bauern und auch vom Wirt waren Männer im ersten und zweiten Weltkrieg gefallen.
Am Nachmittag jenes Freitags half Veit beim Schlachten der Sau, putzte danach das Schlachthaus, mistete den Stall aus, zog dann, das wunderte die Wirtin, seinen Sonntagsanzug und die schon viermal aufgedoppelten Sonntagsschuhe an, ging wieder in die Wirtschaft hinunter und setzte sich, wie

jeden Tag, an seinen Platz am Bauerntisch und schwieg lange.
»Jetzt spinnt er, er denkt, dass Sonntag ist«, sagte die Wirtin zum Wirt und zu ihrer Tochter.
Auf die Frage meines Vaters, wie es ihm denn gehe, soll er gesagt haben: »Zu gesund zum Sterben und zu alt zum Arbeiten.«
Aber erstens arbeite er doch erstaunlicherweise immer noch viel für sein Alter und zweitens, davon verstehe er was, so mein Vater, sei das Leben auch ohne Arbeit lebenswert.
Das verstand der Veit nicht.
Dann sei der Veit, erzählte der Vater später, ungewöhnlich früh in seine Kammer hinaufgegangen, nachdem er noch mal die Tatsache gepriesen habe, dass er jetzt, wenn er schon sterben müsse, wenigstens wisse, wo er hinkomme.
Auf die Frage der Bauern, warum er denn jetzt schon ins Bett gehe, soll der Veit geantwortet haben:
»Sterben braucht Zeit.«
Darauf hätten die Bauern gelacht, einer habe gesagt, »Veit, du wirst hundert, wer von dir einmal erbt, der muss lang warten.«
Da habe der Veit gelächelt, geheimnisvoll, wie mein Vater betonte, dann sei er in seine Kammer hinaufgegangen und in dieser Nacht gestorben. Er hatte sich aufs Bett gelegt, im Sonntagsanzug, und er war gestorben. In diesem Sonntagsanzug, den er über dreißig Jahre lang getragen hatte, haben sie ihn dann auch begraben.

Ich war nicht beim Begräbnis. Darüber war ich traurig. Meine Eltern hatten es nicht für nötig gehalten, mir Veits Tod mitzuteilen. Erst Wochen später sagte mein Vater eher beiläufig am Telefon, »ach übrigens, der Veit ist tot, vererbt hat er nichts.«

Am 6. Juni 1984 wurde ich vierzig. Veit wäre an diesem Tag hundert geworden. Mitte des Monats war ich zu einem 20jährigen Abituriententreffen in der Kreisstadt. Am nächsten Tag fuhr ich hinaus auf das Dorf. Die Wirtsleute waren inzwischen gestorben, mein Vater auch. Die Tochter des Wirts hatte Gastwirtschaft und Landwirtschaft verkauft, einen Finanzbeamten geheiratet und am Dorfrand ein Haus gebaut.

Es gab keine Gastwirtschaft mehr, keine Metzgerei, keinen Kramerladen, keinen Lammer-Hof, keine Schule, kein Pfarrhaus mehr, und auch mein Elternhaus war verkauft worden. Ich kannte die jungen Leute, denen ich auf der Straße begegnete, nicht. Und sie kannten mich nicht.

Ich pflückte ein paar blühende Holunderzweige und ging zum Friedhof hinauf. Da liegen sie alle: mein Vater, die Lammer-Bäuerin, der Hochzeitslader, der Wirt, die Wirtin, der Veit. Er hat sogar ein eigenes Grab. »Hier ruht Hausens letzter Knecht, Veit Kolb«, steht auf einem schmiedeisernen Marterl.

Ich legte die Zweige aufs Grab und musste daran denken,

wie er mir ein einziges Mal auf mein Fragen hin von Amerika erzählt hat:

»Sag, Veit, wie war's denn in Amerika?«

»Kalt«

»Kalt?«

»Saukalt.«

»Im Juni?«

»Ja freilich. Weil z'Amerika ist alles anders rum. Das ist Nacht, wenn's bei uns Tag ist, und Tag, wenn's bei uns Nacht ist. Und da ist Winter, wenn's bei uns Sommer ist und Sommer, wenn's bei uns Winter ist. Da ist es im Juni wie bei uns im Dezember. Und am 6. Juni ist bei denen Nikolaus.«

DIE HERAUSGEBERIN, DER AUTOR UND DER KOCH

Die Herausgeberin: Liane Dirks

Sie wurde am 15. November 1955 in Hamburg geboren. Heute lebt sie in Köln und Berlin. Sie hat bisher fünf Romane veröffentlicht und zahlreiche Auszeichnungen erhalten, unter anderen den Preis der LiteraTour Nord 2003, siehe auch www.liane-dirks.de.

Zuletzt erschienen die Romane *Vier Arten meinen Vater zu beerdigen* (2002), *Narren des Glücks* (2004), *Krystyna* und *Falsche Himmel* (2006).

Der Autor: Bernd Schroeder

Er wurde am 6. Juni 1944 in Aussig auf der Flucht geboren, er wuchs in Bayern auf, heute lebt er in Köln. Er schrieb zahlreiche Hör- und Fernsehspiele. 1992 wurde er für das Buch zum Film *Pizza Colonia* (1990) mit dem Bundesfilmpreis ausgezeichnet.

Zuletzt erschienen vom ihm die Romane *Die Madonnina* (2001), *Mutter und Sohn* (2004), *Hau* (2006) und der Erzählungsband *Rudernde Hunde* (2002) zusammen mit Elke Heidenreich.

Seine Geschichte ***Auf Amerika*** ist ein Originalbeitrag für dieses Monatsbuch.

Der Koch: Karl Ederer

Ausgebildet in 1- bis 3-Sterne-Restaurants in Frankreich, Deutschland und der Schweiz, hat sich Küchenchef Karl Ederer schon vor zwanzig Jahren dazu entschlossen, eine Küche der Jahreszeiten zu kreieren, die den Eigengeschmack der Produkte betont und das jeweilige Markt- und Saisonangebot widerspiegelt. Seine Küche ist gesund, köstlich und kommt ohne viel Schnickschnack aus. In seinem Münchner Restaurant, dem »Ederer« in der Kardinal-Faulhaber-Straße, kann man sie kosten oder zu Hause mit dem Monatsmenü einfach nachkochen.

QUELLENVERZEICHNIS

Bildnachweis Seite 32:
Vinci, L. da: Proportionsschema nach Vitruv
akg images/Cameraphoto